ÉTUDES

SUR LES

POÈTES SANSCRITS

DE L'ÉPOQUE CLASSIQUE.

BHARTRIHARI — LES CENTURIES

PAR

PAUL REGNAUD,

Élève de l'École pratique des hautes études.

Vidyâratnam sarasakavitâ.
PRASANGABHARANA. 14, *a*.

Le talent poétique est le joyau de la science.

PARIS
MAISONNEUVE ET Cie,
LIBRAIRIE ORIENTALE ET EUROPÉENNE,
15, QUAI VOLTAIRE.

1871

ÉTUDES

SUR LES

POÈTES SANSCRITS

DE L'ÉPOQUE CLASSIQUE.

BHARTRIHARI — LES CENTURIES.

ÉTUDES

SUR LES

POÈTES SANSCRITS

DE L'ÉPOQUE CLASSIQUE.

BHARTRIHARI — LES CENTURIES

PAR

PAUL REGNAUD,

Élève de l'École pratique des hautes études.

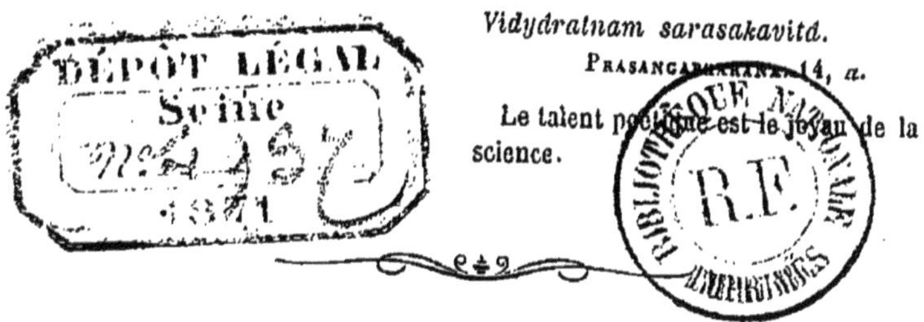

Vidyâratnam sarasakavitâ.

PRASANGA[illegible] 14, *a*.

Le talent poétique est le joyau de la science.

PARIS

MAISONNEUVE ET CIE,

LIBRAIRIE ORIENTALE ET EUROPÉENNE,

15, QUAI VOLTAIRE.

1871

Depuis qu'a disparu la seconde génération des savants qui ont fait des monuments de la littérature sanscrite l'objet de leurs travaux, — et je veux désigner par là les Chézy, les Schlegel, les Loiseleur-Deslongchamps, les Gorresio (1), les Galanos, etc., successeurs des ouvriers de la première heure, comme Williams Jones et Colebrooke, — les sanscritistes, en général, semblent trop oublier les œuvres purement

(1) M. Gorresio vit encore, mais ses principaux travaux se rapportent à la période que j'ai en vue.

littéraires de l'Inde ancienne. Sur le signal donné par Bopp et par la pléiade philologique qui l'a suivi, le sanscrit est devenu un champ presque exclusivement consacré à alimenter les études de grammaire générale. Le terrain, du reste, était merveilleusement approprié à cette destination : les habiles et ardents pionniers, qui consacrent leurs efforts à le défricher, ne perdent pas leur peine. Jamais moisson plus abondante n'a été recueillie dans un moindre espace de temps ; jamais, dans aucune des voies qui convergent vers le but idéal où toutes les sciences doivent s'unir en une majestueuse synthèse et résumer sous sa plus simple expression la formule définitive du rapport des choses et des lois qui les régissent, jamais, dis-je, grâce à l'activité intelligente qui préside à ces travaux et à la nature spéciale de la matière sur laquelle ils portent, l'homme ne s'est avancé d'un pas plus rapide et plus sûr.

Il convient aussi, pour rendre toute justice aux savants qui ont pris cette direction, de tenir compte des immenses et indispensables secours que la philologie comparée a prêtés, et prête chaque jour, à l'explication des monuments primitifs de la littérature brahmanique. Pour longtemps encore, ce n'est qu'avec la plus sévère méthode et la critique la plus méticuleuse, constamment aux ordres de la grammaire, qu'il faudra chercher le sens exact de ces textes vraiment sacrés, qui contiennent, à la fois, les plus anciens spécimens connus du langage de la race indo-européenne, et la manifestation la plus reculée de sa pensée. Les traductions hâtives des Védas qui ont été entreprises sans le prudent emploi de ces précautions nécessaires, et avant la possession de tous les moyens scientifiques propres à les mener à bonne fin, ne servent qu'à montrer, si on les compare aux récents travaux des Benfey, des Muir, des Roth, des Max Müller, la témérité de ces tentatives et l'obligation absolue, en pareille matière, de brider les coursiers de l'imagination avec le frein de la science.

Mais à côté, ou plutôt au-dessous, de ces antiques recueils, dont l'interprétation exige et mérite la mise en œuvre d'un savoir aussi sagace que méthodique, viennent se ranger des œuvres d'une époque bien postérieure, et dont la langue est parfaitement fixée quant aux formes et quant au sens. Les textes, d'ailleurs, en ont été, pour la plupart, imprimés soit en Europe, soit dans l'Inde même ; les commentaires indigènes qui les accompagnent en résolvent presque toutes les difficultés, et, si, en ce qui les concerne, la tâche de l'érudition pure n'est pas achevée, elle n'a plus guère qu'un rôle secondaire à remplir.

Ces œuvres, il est vrai, soit qu'on les envisage d'une manière absolue, soit qu'on les examine plus spécialement au point de vue de la contrée où elles ont vu le jour, sont moins importantes que la littérature védique, proprement dite, contenue dans les

Sanhitas ou recueils d'hymnes, les *Brâhmanas* (1), les *Soûtras* (2) et les *Oupanishads* (3). Elles ne nous fournissent pas, comme les premiers, des documents d'une valeur inappréciable sur l'éclosion et l'évolution primitive de l'esprit poétique et religieux chez les races ariennes ; elles ne nous intéressent pas comme les autres en nous exposant le développement parallèle, dans l'Inde, du rite, de la théologie et de la science. J'entends surtout la science de la grammaire, la seule à laquelle les peuples de l'Inde ancienne aient fait accomplir de sérieux progrès.

Avec ce qu'on est convenu d'appeler la littérature sanscrite classique, livres de lois,

(1) Commentaires théologiques et liturgiques sur les hymnes védiques.

(2) Aphorismes où sont laconiquement exposées les règles du cérémonial dans les sacrifices, celles de la prononciation des hymnes ou fragments d'hymnes qui y sont récités, etc.

(3) Traités qui contiennent en germe les systèmes philosophiques dérivés des Védas.

épopées, fables, poésie gnomique, érotique, dramatique, etc., on tombe dans une série de productions où, reconnaissons-le, la véritable création intellectuelle fait souvent défaut. On y rencontre fréquemment des manières de penser élaborées déjà, des associations de mots et d'idées passées à l'état de locutions et de lieux communs, et des légendes mythologiques ou mytho-historiques empruntées aux traditions des âges antérieurs. A l'égard de l'invention et en considérant le fond des idées plutôt que la forme dont les poètes de l'Inde les ont revêtues, la littérature sanscrite classique se trouve, toute différence gardée d'ailleurs, envers celle qui l'a précédée, dans la même situation que la littérature latine vis-à-vis de la grecque : elle en a humblement reçu et servilement développé les fécondes inspirations. Dans l'Inde particulièrement, l'aînée des deux a imaginé et mis au jour, avec tout l'imprévu et les bizarreries d'une création qui s'essaye, ce que la cadette n'a fait souvent que rééditer et amplifier en le soumettant à un certain ordre et à une certaine forme préméditée, sinon bien régulière d'après nos idées.

Est-ce à dire, toutefois, que les poètes sanscrits de l'époque classique ne méritent pas d'être étudiés? Cette assertion équivaudrait, en quelque sorte, à prétendre qu'après Homère, Hésiode et Pindare, Virgile, Horace et Ovide sont indignes d'être lus. Indépendamment du plaisir que l'esprit éprouve toujours à contempler les belles formes littéraires, et la littérature sanscrite, nous le verrons, n'est pas dépourvue de ce charme, il ne faut pas oublier que le défaut d'originalité n'est jamais absolu. L'intelligence humaine ne reste guère complétement stérile. Dans celles de ses œuvres où elle résiste le moins à l'imitation, on rencontre encore quelques côtés neufs et, par suite, intéressants. Ce privilége n'a pas été refusé aux poètes sanscrits plus qu'aux autres, et, en outre de la séve avare peut-être mais savoureuse qu'ils lui doivent; leurs ouvrages contiennent des descriptions d'après nature, des détails locaux et des traits de mœurs d'autant plus instructifs et attachants, qu'ils nous dépeignent des hommes et des choses plus éloignés de nous par le temps et l'espace.

L'histoire de l'esprit humain ne pourra, du reste, se compléter et donner des résultats philosophiques certains que le jour où la *littérature comparée*, soumise à son tour à la méthode baconienne, sera devenue, comme l'*anatomie comparée* et la *grammaire comparée*, une véritable science. Les ouvrages sanscrits appartenant à la littérature post-védique, soit qu'on les estime d'après leur mérite propre, soit qu'on fasse entrer en ligne de compte la valeur intellectuelle de la race qui les a produits, son antiquité et la place qu'elle occupe sur le globe, sont bien certainement un des éléments importants appelés à la constituer.

Cette manière de voir supposée admise,

il reste à prouver, pour justifier la nécessité de travaux d'un nouveau genre et de la direction à rendre, ou plutôt de la bifurcation à faire subir aux études sanscrites (une branche suivant plus spécialement la voie philologique et grammaticale, l'autre s'écartant davantage sur le domaine littéraire), que la besogne faite jusqu'à ce jour en vue de faire connaître au public les chefs-d'œuvre poétiques de l'Inde ne suffit pas soit aux *dilettanti*, soit aux savants qui veulent faire la base de déductions morales, littéraires ou philosophiques.

A première vue, on est tenté de douter de la grande utilité de ces travaux, et de penser que, sans consacrer de longues années à apprendre le sanscrit, on peut goûter, juger et analyser les ouvrages de l'Inde ancienne d'après les traductions nombreuses déjà que nous possédons. En effet, et pour ne citer que des versions françaises, Çâkountala (1) a été traduit par M. de Chézy,

(1) Drame célèbre de Kâlidâsa.

les lois de Manou par Loiseleur-Deslongchamps, la Râdjatarangini (1) par Troyer, l'Hitopadeça (2) par Lancereau, l'Harivança (3) par Langlois; puis est arrivé l'infatigable Fauche, auquel on doit Bhartrihari, toutes les œuvres de Kâlidâsa, le poème intitulé Mort de Çiçoupâla, le Râmâyana (4), traduit en même temps en italien par Gorresio, enfin une grande partie du Mahâbhârata, qu'il aurait probablement achevé si la mort n'était venue le surprendre dans le cours de cet immense travail. Pourtant, et malgré tant d'efforts consacrés à répandre la connaissance des meilleurs ouvrages sanscrits, ce but n'a été atteint que d'une manière bien imparfaite, et, toute paradoxale que paraisse cette opinion, le

(1) Chronique des rois de Cachemire.

(2) Abrégé du Pantcha-tantra, grand recueil des fables indiennes.

(3) Poème qui fait suite au Mahâbhârata.

(4) Le Râmâyana et le Mahâbhârata sont les deux grands poèmes épiques de l'Inde ancienne.

moyen employé n'était pas, à mon avis, le plus propre à l'atteindre.

En général, les ouvrages d'imagination en vers perdent, avec leur forme, la plus grande partie de leur charme. On peut même affirmer, je crois, qu'Homère et Virgile sont moins connus, de ceux qui ne sauraient les lire dans le texte, par les traductions qui en ont été données que par les travaux de critique dont ils ont été l'objet. Quand il s'agit de l'œuvre d'un poète étranger, et principalement d'un poète antique, c'est surtout en mettant en lumière les beautés qui s'y rencontrent, en écartant les obscurités qui en voilent le sens, en faisant goûter la saveur originale qu'elle contient, en signalant les analogies qui la rattachent aux ouvrages de même nature ou les contrastes qui l'en distinguent, en mesurant la portée où elle s'étend, en résumant, enfin, l'esprit dont elle est animée, qu'on la rend vraiment compréhensible et attrayante pour tous.

Les études de ce genre, sorte de commentaires universels inaugurés par la critique du XIXe siècle, sont profitables même aux poètes contemporains, et à plus forte raison, à des œuvres aussi étranges, pour le fond et la forme, que les poèmes de l'Inde ancienne. Sans parler du Mahâbhârata, dont la confusion, les digressions et les interminables longueurs sont faites pour rebuter les plus persévérants, la traduction des poèmes secondaires eux-mêmes ne saurait plaire et instruire sans être accompagnée d'un travail conçu dans l'esprit que je viens d'indiquer.

D'autres causes, d'ailleurs, sont venues se joindre à celle que je signale, pour enlever aux traductions des ouvrages sanscrits l'utilité et l'agrément qu'elles auraient pu procurer. Les premiers traducteurs, enthousiasmés par les magnifiques résultats que semblait promettre cette littérature qui émergeait tout à coup de l'inconnu, se prirent à l'illusion d'y trouver des chefs-d'œuvre comparables à ceux de l'antiquité classique et les éléments d'une nouvelle renaissance. Leurs travaux, exécutés, du reste, à une époque où il était encore de mode de farder l'antiquité et de la mettre au goût du jour, portent la trace de cet optimisme, aussi exagéré qu'excusable : ils embellirent sans scrupule, mais presque sans le vouloir ni le savoir. Plus tard, quand cette première ivresse fut dissipée et qu'on en vint à une appréciation plus vraie de la valeur des œuvres sanscrites, de nouveaux traducteurs, et particulièrement M. Fauche, travaillèrent dans un tout autre esprit : ils exagérèrent dans un sens opposé, et s'appliquèrent, aux dépens du style et de la vérité interne, si je puis m'exprimer ainsi, à reproduire, avec une fidélité puérile, les verrues et les bosses de leurs modèles. Dans sa poursuite du sens absolument littéral, M. Fauche est allé jusqu'à souligner les nuances étymologiques pour des mots où l'usage les avait effacées depuis longtemps. Des méthodes si défectueuses et si incomplètes, de part et d'autre, ont donné le seul résultat qu'elles pouvaient produire. La plupart de ces traductions ont péri, pour ainsi dire, en voyant le jour, et servent tout au plus, de moyen de contrôle à ceux qui sont en état de lire le sanscrit dans le texte (1).

Quelle que soit, du reste, l'opinion qu'on ait de leur valeur, il est incontestable que la littérature sanscrite est moins connue qu'elle ne mérite de l'être, eu égard à son importance intrinsèque et extrinsèque, — soit qu'on l'apprécie d'après sa valeur propre ou par la place à laquelle elle a droit dans l'ensemble des œuvres de l'esprit humain ; elle est surtout moins connue qu'elle ne devrait l'être, eu égard aux travaux de vulgarisation

(1) Il ne s'agit pas ici, bien entendu, des traductions d'ouvrages techniques, comme celle des lois de Manou, par exemple, exécutée par Loiseleur-Deslongschamps avec une précision, une exactitude et une clarté remarquables.

auxquels elle a donné lieu. Il n'y a donc pas, à mon sens, témérité à penser que ces travaux laissent à désirer sous le rapport de la forme et de la méthode, et aussi à essayer mieux en modifiant l'une et l'autre.

C'est dans cet ordre d'idées que je risque cette étude sur l'un des *poetæ minores* les plus justement estimés de l'Inde ancienne. Je n'ai pas la présomption de prétendre entrer, de plain-pied, dans la voie que tant de mes devanciers, malgré leur érudition et leurs labeurs, n'ont pas su prendre; mais j'espère, du moins, planter un mince jalon plus rapproché d'elle et destiné à servir de point de repère à de plus habiles ou à de plus heureux.

I

Comme pour tout ce qui regarde l'histoire politique et littéraire de l'Inde ancienne, les détails biographiques, bibliographiques et chronologiques sur Bhartrihari et l'ouvrage qui lui est attribué sont remplis d'obscurités et d'incertitudes. Bhartrihari aurait été le frère et le prédécesseur ou le substitut (1) du fameux Vikramâditya, qui régnait à Oudjayinî, capitale de Mâlava, royaume situé dans la partie nord-ouest de l'Inde, vers l'an 56 avant J. C. C'est ce même Vikramâditya sous lequel on croyait, sans doute à tort, comme l'a prouvé M. Weber, que la littérature sanscrite classique

(1) Il aurait gouverné pour son frère pendant un voyage de celui-ci.

2.

avait eu son plus brillant épanouissement, et à la cour de qui le célèbre Kâlidâsa aurait vécu. Bhartrihari, promptement dégoûté du trône et des choses mondaines, en général, par l'infidélité de son épouse, aurait abdiqué, comme Charles-Quint, pour se retirer dans la solitude, et se vouer au renoncement.

L'allusion aux chagrins domestiques de Bhartrihari, qu'on a cru voir dans la deuxième stance de la *Nîti*, où le poète s'écrie :

« Celle qui est l'objet constant de mes pensées ne répond point à mon amour ; elle en désire un autre, qui lui-même est enchaîné ailleurs. *De mon côté* (1), je suis aimé d'une femme *que je n'aime pas*. Maudits soient celle que j'aime, celui qu'elle aime, celle qui m'aime, le dieu de l'amour et moi (2) ! »

(1) Les passages en italique sont ceux que, pour plus de clarté, j'ai ajoutés à la traduction littérale du texte.

(2) J'ai traduit toutes les stances que je cite sur l'édition qu'en a donnée M. Böhtlingk dans les *Indische Sprüche*. Pour les passages douteux, je m'en suis généralement rapporté à son interprétation.

Et la conformité de l'esprit de pénitence qui a inspiré le *Vairâgya* avec les sentiments qu'il dut éprouver en descendant volontairement du trône pour embrasser la vie monastique sont probablement, selon Lassen (1), les raisons qui lui ont fait attribuer les centuries. On peut ajouter que les compilateurs de cette collection, embarrassés, sans doute, pour mettre, sous le nom d'un seul auteur, des pièces remplies de points de vue contradictoires, et désireux, pourtant, de leur donner un patronage illustre, n'ont cru pouvoir mieux faire que d'en attribuer la paternité à un prince, auteur peut-être de quelques compositions du même genre, et dont l'existence avait offert des vicissitudes suffisantes pour expliquer la diversité de ses manières de voir.

Que l'on s'arrête ou non à ces conjectures, toujours est-il que, si l'on place Kâlidâsa, comme le fait M. Weber (2) sur de très-

(1) *Indische Alterthumskunde*, vol. III.

(2) Préface de la traduction de *Mâlavikâ et Agnimitra*.

bonnes raisons, entre le IIe et le Ve siècle après J. C., on devra, par les mêmes motifs que fait valoir le savant professeur de Berlin, c'est-à-dire par la comparaison du style avec celui d'ouvrages sur l'époque desquels on est fixé, d'une manière à peu près certaine, reporter à la même date les poèmes en miniature attribués à Bhartrihari. Dans tous les cas, il semble impossible de ne pas admettre qu'au moins deux siècles ne se soient écoulés entre l'époque (1) des grands poèmes épiques, si simples de style, et celle qui a vu naître les stances, si curieusement et, parfois, si artificiellement ciselées, contenues dans le recueil que nous étudions.

Ces stances, au nombre de trois cents environ, sont toutes d'un seul vers, divisé en deux hémistiches ou quatre *pâdas* de différentes mesures, et partagées, selon la nature du sujet, en trois parties égales de cent vers, ou en trois centuries.

(1) On pense généralement qu'ils remontent à peu près au commencement de l'ère chrétienne.

La première est intitulée *Çringâra* ou l'amour; la seconde *Nîti* (1), mot qu'on traduit ordinairement par politique, mais qu'il serait plus exact d'interpréter ici au moyen d'une périphrase et d'appeler règles de conduite morale pour la vie laïque ; la troisième et dernière porte le nom de *Vairâgya*, mot à mot absence de passions ou renoncement.

Cette division à laquelle l'auteur, ou plutôt le compilateur, fait allusion en ces termes :

« Celui-ci marche dans la voie du renoncement, celui-là s'égare dans les sentiers de la politique, un autre prend son plaisir dans l'amour : chacun, ici-bas, va de son côté (2). »

correspond à celle du *Trivarga* ou des trois mobiles des actions humaines, telle que les philosophes de l'Inde, comme ceux de la Grèce, l'ont déterminée : le *Kâma* ou

(1) De la racine *nî*, conduire.

(2) I, 99.

l'agréable, l'*Artha* ou l'utile, le *Dharma* ou l'honnête; ou bien encore, aux trois principales périodes de la vie humaine : la jeunesse ou l'âge des plaisirs ; l'âge mûr ou celui des affaires, et la vieillesse ou le moment de faire pénitence et de penser à son salut.

Le sens des stances répond, le plus souvent, d'une manière assez exacte, au titre de la centurie où elles se trouvent placées ; cependant ce classement est évidemment l'œuvre d'un arrangeur, beaucoup plus guidé parfois par des raisons extérieures et de détail que par un examen un peu approfondi de l'esprit de chaque pièce. Telle stance, classée dans la centurie de l'amour, parce qu'il y est question des femmes par exemple, serait beaucoup mieux à sa place dans celle du renoncement, et s'y trouverait rangée, si l'intention de l'auteur avait été scrutée et saisie. De même la disposition des stances, dans chaque centurie, bien que déterminée par certaines analogies de sujet, est trop superficiellement et artificiellement catégorique pour qu'elle soit le fait d'un poète écrivant au gré de sa verve, ou classant ses productions dans l'ordre logique qui leur convient le mieux : certaines stances, en outre, ont tant de ressemblance entre elles, qu'elles ne peuvent être que les différentes leçons d'un même texte, ou l'œuvre de deux poètes, dont l'un a servilement imité l'autre. Toutes ces raisons, sans parler des contradictions dont j'ai déjà dit un mot et sur lesquelles j'aurai à revenir, confirment mes conjectures sur le caractère anthologique du livre. Toutefois, si plusieurs poètes ont contribué à fournir les morceaux qui le composent, surtout pour le *Çringâra*, où se rencontre le plus de diversité pour le style, les idées et la manière, il n'y aurait rien d'impossible, il me semble, à ce que la *Nîti* et le *Vairâgya* fussent, en grande partie, chacun d'une même main. Je partirai, du reste, de cette opinion, dans l'analyse que j'en ferai, et quand j'essaierai de rétablir la déduction logique des idées qui s'y trouvent. Pour plus de commodité, je continuerai aussi de me servir du nom de Bhartrihari pour désigner l'auteur ou les auteurs des Centuries; mais le lecteur n'oubliera pas les restrictions mentales que cette façon de dire comporte.

Comme je l'ai déjà fait entrevoir, les pièces qui composent le *Çringâra* ne sont pas exclusivement érotiques; toutes, pourtant, roulent sur l'amour : la plupart dans un esprit mondain, mais quelques-unes pour le blâmer et en montrer les dangers. Ces idées contradictoires, dans une même centurie, tiennent, nous l'avons vu, à la façon trop superficielle dont les compilateurs de l'ouvrage en ont opéré le classement. Mais la contrariété ne porte pas seulement sur la pensée : le style et le mérite littéraire des stances du

Çringâra nous fourniront des exemples des inégalités les plus frappantes.

Un assez bon nombre d'entre elles ont été composées dans le but évident de mettre en relief des jeux de mots, des artifices de style et des allitérations dont l'esprit subtil des peuples de l'Inde ancienne était fort amoureux, et pour lesquels la souplesse de leur langue leur fournissait tant de ressources. Mais dans ce genre même il y a beaucoup à distinguer. En certains endroits nous rencontrons de véritables calembours. Le poète, jouant, par exemple, sur la double signification d'une série de mots composés qui s'emploient à la fois comme qualificatifs et comme noms de pierres précieuses, dit de la femme :

« Avec son visage beau comme la lune (ou comme une sorte de pierre précieuse appelée pierre lunaire), ses cheveux d'un noir foncé (ou d'émeraude), ses mains qui ont le teint du lotus (ou de rubis), elle brille comme si elle était faite de pierres précieuses (1). »

(1) I, 20.

Ailleurs il se prévaut du double sens du mot *gouna*, qui signifie à la fois qualité et corde d'arc, pour s'écrier :

« Quelle est, ô ma belle, cette adresse inconnue jusqu'ici, grâce à laquelle tu perces les cœurs en te servant des cordes de l'arc (ou de tes charmes) au lieu de flèches (1) ? »

Dans la stance qui va suivre, il y a plus encore de complication et d'allusions bizarres ; plus elle rappelle ce passage extravagant du poème de la Madeleine, cité par Dumarsais (2), où l'on trouve une kyrielle de termes grammaticaux détournés de leur sens ordinaire et réunis dans des vers relatifs à des exercices de piété :

« Tes cheveux sont relevés en chignon (ou pratiquent l'ascétisme), tes yeux s'étendent jusqu'au delà des oreilles (3) (ou ont parcouru les livres

(1) I, 13.

(2) Tropes, II, 13.

(3) Les yeux très-fendus étaient regardés comme un des principaux traits de la beauté chez les femmes de l'Inde.

saints d'un bout à l'autre), ta bouche est garnie de deux rangées de dents (ou de brahmanes) qui brillent d'une pureté naturelle, le globe de tes seins a l'éclat de perles enchâssées (ou de délivrés (1) réunis pour jamais à l'âme suprême). Et pourtant, ô fille à la taille élancée, ton corps, qui offre un spectacle si propre à calmer les sens, jette le trouble dans nos cœurs (2). »

Tout absurdes que soient les images présentées par une des faces de ces jeux de mots, il faut convenir, cependant, que les deux ordres d'idées sont fort bien suivis, et que la conclusion s'applique, aussi bien que possible, au double sens continu des prémisses.

Mais, le plus souvent, le jeu est moins puéril et porte plutôt sur la pensée et sur l'arrangement des mots que sur leur signification. Le poète s'amusera, par exemple, à poursuivre une comparaison en accouplant,

(1) Nous verrons plus loin ce qu'on entend par *délivrance* et *délivrés*.

(2) I, 12.

en un seul composé, deux termes qui s'appliquent respectivement à chacune des choses qu'il compare. Ici la langue, par sa malléabilité, est complice du versificateur, et c'est par la facilité avec laquelle elle se prête à cette ingénieuse combinaison que les figures de ce genre sont devenues si fréquentes dans la poésie sanscrite classique. En voici deux exemples tirés de nos stances, mais on comprendra qu'une traduction ne peut guère, quoi qu'on fasse, montrer en quoi consiste précisément une façon de présenter la pensée où la disposition des mots et le génie de la langue ont tant de part.

« Le dieu de l'amour est un pêcheur ; la femme est la ligne qu'il jette dans la mer de ce monde ; l'homme est le poisson que le désir fait mordre à la lèvre qui sert d'appât. L'Amour l'amène bientôt à lui et le fait griller sur le feu de la passion (1). »

(1) I, 84.

« L'homme ne reste dans la bonne voie, ne maîtrise ses sens, ne garde le sentiment de l'honneur, ne conserve de retenue que tant que son cœur n'a pas été atteint, ni ses fermes résolutions détruites par les flèches des regards des femmes lascives, flèches empennées de leurs cils noirs et décochées avec les arcs de leurs sourcils (1). »

Les allitérations nous montrent sous un côté plus futile encore cet étalage d'esprit de mots, délices des époques de décadence, et ressource extrême des poètes chez lesquels l'imagination devient stérile (2). Ordinairement elles consistent, chez Bhartrihari, en un cliquetis de syllabes consonnantes que le poète s'est efforcé de rapprocher et d'accumuler dans un même hémistiche.

(1) I, 59.

(2) Les stances où on le rencontre sont probablement les moins anciennes; le Mahâbhârata contient pourtant déjà des comparaisons au moyen de composés de *juxtaposition* comme celles que nous venons de voir. Le Ritou-Sanhâra (Cercle des saisons) poème attribué à Kâlidâsa fourmille de jeux de mots de toutes sortes.

Dans la stance 31 du *Çringâra*, ce jeu de mots offre une particularité remarquable : il se reproduit régulièrement à la fin des deux demi-vers, et constitue une rime d'une très-grande richesse :

> âvâsah kriyatâm gânge pâpahârini vârini
> stanamadhye tarunyâ vâ manohârini hârini (1).

« Il faut se reposer dans les eaux du Gange qui lavent des souillures du péché, ou sur les seins ravissants et ornés de colliers de perles d'une toute jeune fille. »

Nous n'avons évidemment pas affaire ici à une règle établie et particulière; car, si la consonnance n'est pas fortuite, elle n'est pas non plus systématique, sous cette forme du moins. Toutefois, les exemples de ce genre peuvent contribuer à rendre compte de la manière dont la rime a fini par prendre racine dans d'autres langues, et devenir une condition, presque générale, de la versification moderne.

(1) Je n'ai employé la transcription scientifique que pour les deux stances citées textuellement.

La stance 73, fort jolie, d'ailleurs, pour l'idée, nous présente, au contraire, l'allitération au commencement de chaque hémistiche :

smṛtâ bhavati tâpâya dṛshṭhâ conmâdakâriṇî
spṛsṭhâ bhavati mohâya sâ nâma dayitâ katham.

« Si vous pensez à elle, vous éprouvez une peine cuisante ; si vous la voyez, votre esprit se trouble ; si vous la touchez, vous perdez la raison : comment peut-on l'appeler bien-aimée ? »

Mais, à côté de ces jeux d'esprit dont on rencontre des exemples dans la poésie légère de tous les peuples, surtout à une certaine période du développement de leur littérature, nous avons, dans la plupart des stances qui composent le *Çringâra*, des idées aussi gracieuses et, parfois, aussi ravissantes que la forme dont elles sont revêtues est agréable et sage. Ces remarques s'appliquent d'abord à toute une série de ces petites compositions consacrées à décrire les différentes saisons de l'année indienne, dans leur rapport avec les émotions agréables ou pénibles, les plaisirs et les chagrins qu'elles font éprouver aux amants.

Cette partie du recueil ressemble, à beaucoup d'égards, au *Ritou-Sanhâra*, ou poème des Saisons, de Kâlidâsa : on croirait y voir les esquisses d'un ouvrage du même genre et peut-être de la même main. Quoi qu'il en soit, ces stances contiennent, les unes de fraîches et riantes descriptions de la nature orientale qui rappellent les gais et lumineux frontispices du Décaméron, et auxquelles on ne saurait reprocher qu'un peu de monotonie et de pauvreté de détails ; d'autres retracent plutôt des scènes voluptueuses mêlées de détails descriptifs et semblent comme les textes à inscrire sous les fresques lascives d'un *Antaspoura*, ou gynécée des bords du Gange. En général, pourtant, ces tableaux, où respire la mollesse sensuelle de l'Orient, sont libres sans obscénité. A part de rares endroits, où la crudité réaliste de l'expression est plus répréhensible que l'intention du poète, Bhartrihari, dans ses passages licencieux, a plus d'analogie avec Ovide et Tibulle qu'avec Pétrone et Martial.

Voici quelques-unes des pièces les plus jolies et les plus décentes de cette partie du *Çringâra* :

« Les vents sont chargés de parfums, les arbres se parent de nouveaux bourgeons, les abeilles ardentes font entendre leurs bourdonnements, et les kokilas (1) leurs chants agréables ; la sueur que provoquent les jeux d'amour perle çà et là sur le visage, brillant comme la lune, des jolies femmes. Est-il quelque chose au monde dont les charmes ne s'éveillent pas dans une nuit de printemps (2) ? »

« Il est agréable de passer son temps en jeux d'amour, aux côtés de sa bien-aimée ; les chants harmonieux du kokila réjouissent l'oreille ; les lianes en fleur ont des charmes ; on trouve du plaisir dans la société des gens d'esprit ; quelques-uns admirent les rayons de la lune ; d'autres ont le cœur

(1) Le kokila est le coucou indien.

(2) I, 33.

et les yeux ravis par le spectacle des belles nuits du mois Tchaïtra (1). » (2)

« Est-il un homme heureux ou malheureux dont les désirs ne s'éveillent pas quand le ciel est couvert de nuages, les plaines émaillées de fleurs, les vents chargés des parfums qu'exhalent les jeunes tiges du koutadja (3) et du kadamba (4), et que les forêts retentissent joyeusement du cri des paons (5) ? »

Les parties descriptives du *Çringâra*, les plus intéressantes peut-être de la centurie par les indications qu'elles fournissent sur l'aspect de la nature dans l'Inde, les sentiments qu'en éveillait le tableau chez les indigènes et les beautés qu'ils y considéraient de préférence, ne sont pas les plus remarquables au point de vue esthétique. Ce mérite revient incontestablement à toute une autre série de pensées délicates et ingé-

(1) Nom d'un mois de printemps.
(2) I, 35.
(3) Wrightia antidysenterica.
(4) Nauclea kadamba, Roxb.
(5) I, 42.

nieuses sur les femmes et l'amour, dont on ne saurait mieux déterminer le caractère et la valeur qu'en les comparant aux plus jolies pièces de l'Anthologie grecque : quelques-unes en ont, nous allons le voir, autant qu'une traduction peut le montrer, la légèreté du trait et le charme exquis de la pensée.

Celle-ci ressemble à la légende de quelque tableau de genre : c'est une véritable épigramme dans le sens étymologique et primitif du mot :

« Le dieu de l'amour est certainement aux ordres de cette belle, puisqu'il se rend là où le jeu de ses regards lui dit d'aller (1). »

En voici quelques autres d'un tour aussi gracieux :

« Le cœur des jeunes filles ne reste cruel en présence de leurs bien-aimés que jusqu'au pre-

(1) I, 11.

mier souffle du zéphyr printanier chargé des parfums du sandal (1). »

« Le flambeau peut luire, le feu éclairer, le soleil, la lune et les étoiles briller sans ma bien-aimée aux yeux de gazelle, la terre reste pour moi dans l'obscurité (2).

Une des stances que l'on peut rapporter à ce genre est très-remarquable par son élégante concision : j'en donne d'abord la traduction latine qui est un calque aussi exact que possible du texte sanscrit.

Tu ego, ego tu : sic erat mens amborum.
Quid evenit ut nunc tu tu, ego ego simus ?

La traduction française n'en saurait guère être qu'une paraphrase très-incolore :

« Autrefois, nous nous regardions mutuellement

(1) I, 32.
(2) I, 14.

E non so che negli occhi, che'n un punto
Può far chiara la notte, oscuro il giorno.....
PÉTRARQUE. *Sonnet* CLXXIX.

comme un autre nous-même. Comment se fait-il que maintenant chacun de nous ne pense plus qu'à soi (1)? »

Celle-ci, d'un ton un peu moins léger, nous offre une pensée tout à fait dans le goût d'Horace :

« Est-il un homme en ce monde, ô prince, qui ait traversé l'océan de ses désirs ? A quoi servent les richesses quand la jeunesse et l'amour, son compagnon fidèle, ont disparu ? Courons donc avant que la vieillesse, qui s'avance sans perdre un instant, n'ait ravi leur beauté, auprès de nos bien-aimées qui nous regardent avec leurs grands yeux pareils à des lotus bleus épanouis (2). »

Parfois les grâces de la femme sont analysées et décrites avec une délicatesse et d'une manière toutes modernes. Il faut en notre

(1) III, 61. Ed. Bohlen.

...*Each is both*, and all, and so
They unto one another nothing owe.

DONNE, poëte anglais du XVIIe siècle.

(2) I, 69.

Europe descendre jusqu'à Shakspeare, peut-être, pour rencontrer le sentiment des charmes féminins, dans ce qu'ils ont de moins matériel, si poétiquement éprouvé et si suavement rendu :

« Léger sourire sur les lèvres, regards empreints à la fois de hardiesse et de timidité, babil auquel l'enjouement juvénil a prêté tout son charme, fuite et retour précipités, amusements folâtres et continuels ; tout n'est-il pas ravissant chez la femme aux yeux de gazelle qui atteint l'adolescence (1) ? »

« Par leur sourire, leur grâce, leur pudique réserve, leur effarouchement, leurs œillades obliques lancées avec des yeux à demi voilés, leur babil, leurs querelles, leur enjouement, par tout ce qui est en elles, les femmes nous enchaînent (2). »

« Sourcils charmants, œillades voilées, regards obliques, paroles tendres, sourires pudiques, lent départ qui n'est qu'artifice amoureux bientôt suivi d'une pause : voilà les charmes et les armes de la femme (3). »

(1) I, 6.
(2) I, 2.
(3) I, 3.

« Quel est le plus beau des spectacles? le visage respirant l'amour d'une jeune femme aux yeux de gazelle. Quel est le plus suave des parfums ? son haleine. Quel est le plus agréable des sons ? sa voix. Quelle est la plus exquise des saveurs ? la rosée dont sont humectés les boutons de fleurs qui forment ses lèvres. Quel est le plus doux des contacts? celui de son corps. Quelle est l'image la plus agréable sur laquelle la pensée puisse s'arrêter ? ses charmes naissants. Tout en elle est plein d'attraits (1). »

Le poète est moins heureux quand il dépeint la beauté purement plastique de la femme : il semble n'avoir eu à son service qu'une série fort restreinte d'épithètes et de comparaisons qui reviennent constamment avec une monotonie extrême. Des yeux fendus comme ceux de la gazelle et de la couleur du lotus, des lèvres qui ressemblent à des boutons prêts à s'épanouir, un visage pareil à la lune, un teint dont l'éclat rivalise avec celui de l'or, une gorge rebondie, des

(1) I, 7.

hanches larges, tels sont les traits classiques et, pour ainsi dire, uniques sous lesquels Bhartrihari présente les belles qu'il met en scène dans le *Çringâra*. Ce défaut de variété tient d'abord à ce qu'il ne considère pas la femme individuellement et se borne à résumer les caractères généraux qui, dans le goût du lieu et de l'époque, constituaient la beauté, en laissant nécessairement de côté toutes les nuances délicates et personnelles qui en diversifient l'aspect et peuvent seules fertiliser un sujet bien vite épuisé autrement. Puis, au siècle où nos stances ont été écrites, l'esprit méthodique et pédantesque des Indous avait déjà commencé sans doute à se donner carrière sur les matériaux poétiques comme sur le reste; le temps n'était pas loin où les vers sanscrits se feraient sur des procédés analogues à ceux qu'on emploie dans nos colléges pour la versification latine; les épithètes consacrées et les synonymes autorisés devaient se ranger déjà par catégories, et, si le thème sur lequel on opérait n'en comportait qu'un nombre limité, on se prévalait de l'usage et de la nécessité pour recourir à des répétitions plutôt que de se lancer dans de téméraires innovations. Ces raisons ne sont probablement pas étrangères à la question que nous avons en vue.

Dans un bon nombre de stances qui forment comme une transition entre le *Çringâra* et le *Vairâgya*, le poète s'attache à montrer, tantôt la nécessité de choisir entre l'amour et le renoncement, comme dans celle-ci :

A quoi bon de longs discours dépourvus d'application ? Les hommes ont à choisir ici-bas entre deux cultes : celui des belles jeunes filles qui n'aspirent qu'à jeux et plaisirs d'amour toujours renouvelés, et que fatigue le poids de leurs seins ; ou celui qu'on rend dans la forêt *à l'être absolu* (1). »

tantôt l'inconstance des femmes, les dan-

(1) I, 53.

gers qu'on court en les fréquentant et les obstacles que l'amour apporte au salut.

La stance suivante est sur le thème si connu : Souvent femme varie.

« Elles babillent avec l'un, envoient à un autre des œillades provocatrices; un troisième occupe leur cœur et leur pensée. Quel est le véritable bien-aimé des femmes (1)? »

Ailleurs Bhartrihari médit encore davantage du beau sexe :

« Le cœur des femmes est insaisissable, comme l'image sur le miroir ; leur caractère, incertain et inégal comme un sentier dans la montagne ; leur pensée, au dire des sages, mobile comme la goutte de rosée sur la feuille du lotus. La femme grandit avec ses défauts, comme les lianes avec le poison qu'élaborent leurs tiges (2). »

Celle-ci, d'un tour fort ingénieux, concerne une classe particulière de femmes :

(1) I, 81.

(2) Supplément, 15.

« Les courtisanes sont les feux du dieu de l'amour, elles l'alimentent avec leur beauté, et les libertins viennent y sacrifier jeunesse et richesse (1). »

Le poète, si c'est encore le même, en arrive à la conséquence logique de cette nouvelle façon d'envisager les choses :

« A quoi bon, jeune fille, ces œillades amoureuses, ces jeux de regard avec les paupières à demi closes ? Cesse, cesse tes agaceries : ta peine est inutile. Je ne suis plus le même qu'autrefois ; ma jeunesse s'est enfuie; toutes mes pensées sont dirigées vers la retraite ; mon aveuglement est dissipé, et je considère ce monde entier comme un vil fétu (2). »

« Quand j'étais dans l'ignorance produite par l'obscurité où m'égarait l'amour, je ne voyais ici-bas que la femme. Maintenant que je me suis plu à frotter mes yeux avec le spécifique de la vraie science, tout a pris, à mes regards, un aspect uni-

(1) I, 90.
(2) I, 93.

forme, et je n'aperçois dans les trois mondes que l'image de Brahma (1). »

Je terminerai, pour le *Çringâra*, par une stance curieuse en ce qu'elle nous montre notre proverbe : *Ce que femme veut, Dieu le veut*, habillé à l'indienne, bien que, selon toute vraisemblance, l'un n'ait pas inspiré l'autre.

« Ce que femme entreprend dans un accès de passion amoureuse, Brahmâ lui-même n'a pas le courage d'y mettre obstacle (2). »

(1) I, 98.
On trouvera plus bas, à propos de la doctrine védantique, l'explication des idées théologiques contenues dans cette stance.
(2) I, 60.

II

La *Nîti* est, à proprement parler, un recueil de pensées proverbiales et de sentences morales. Comme les proverbes de tous les temps et de tous les pays, ceux qu'elle contient ont la signification nette et la portée générale des vérités de sens commun ; et, le bon sens étant partout identique, ces maximes de l'ancienne sagesse orientale n'ont, ordinairement, rien d'hyperbolique ni de paradoxal. Quelques-unes, sous le tour pittoresque et incisif qui est aussi le cachet général des proverbes, sont simples comme un distique de Caton :

« Mieux vaut errer dans les défilés des montagnes, au milieu des bêtes féroces, que d'habiter les palais du maître des dieux dans la société des fous (1). »

« Donner, jouir, perdre : voilà les trois issues par où s'écoulent les richesses ; quand les deux premières sont fermées, elles s'en vont par la troisième (2). »

D'autres, plus dénuées encore d'agréments littéraires, sont de simples définitions, des classements de qualités ou de pratiques bonnes ou mauvaises, ou bien encore de brèves comparaisons caractérisant vigoureusement l'objet comparé :

« L'enfant qui réjouit son père par sa bonne conduite est un vrai fils ; la femme dont tous les désirs se bornent à faire le bonheur de son mari est une véritable épouse ; l'ami qui, dans le malheur et dans la prospérité, conserve les mêmes façons d'agir est

(1) II, 11.
Moûrkha, que je traduis par fou, à défaut d'une expression qui en rende mieux le sens, correspond exactement au *stultus* latin : il tient le milieu pour la signification entre fou et sot.

(2) II, 35.

un véritable ami. Cette triple faveur est réservée à ceux qui pratiquent la vertu en ce monde (1). »

« Le roi est entraîné à sa perte par les mauvais conseillers ; l'ascète, par la fréquentation des autres hommes ; le fils, par la dissipation ; le brahmane, par l'oubli de ses pieuses lectures ; la famille, par un mauvais fils. La vertu se détruit par le commerce avec les méchants ; la décence disparaît par l'effet des boissons spiritueuses ; un champ se ruine par l'incurie de son maître ; l'amour s'éteint par suite de voyages réitérés, l'amitié cesse par défaut de prévenances ; la prospérité périt par les conséquences de la mauvaise conduite, et la fortune par la prodigalité et la négligence (2). »

« Bienveillance pour les siens, miséricorde envers ses inférieurs, sévérité à l'égard des méchants, amitié pour les bons, conduite prudente avec les princes, droiture avec les sages, courage en face de l'ennemi, patience envers ses maîtres, malice auprès des femmes. Ceux qui mettent convenablement ces préceptes en usage font bonne figure dans le monde (3). »

« La patience est une cuirasse ; la colère, le plus

(1) II, 58.
(2) II, 34.
(3) II, 19.

redoutable des ennemis ; les parents sont un feu qui dévore ; les amis, des remèdes divins ; les méchants, des serpents ; la science pure est une richesse ; la modestie, la plus belle des parures ; la poésie, un trône (1). »

Mais ces sèches énumérations forment la moindre partie de la *Nîti*, et dans la plupart des autres stances la pensée est enrichie et vivifiée, pour ainsi dire, par des comparaisons tirées d'observations prises dans la nature, de remarques fournies par l'expérience courante, de préjugés populaires et de légendes mythologiques plus ou moins connues qui, tout à la fois, en précisent le sens et en corroborent la justesse. Les sentences de cette forme constituent une sorte de sous-genre littéraire fort voisin de l'apologue et très-remarquable dans notre recueil par la merveilleuse exactitude avec laquelle l'exemple correspond à l'idée principale. Les quelques stances dont

(1) II, 18.

je vais donner la traduction en fourniront la preuve :

« Le chien se délecte à ronger un os jeté aux ordures, rempli de vers, souillé de bave, puant et décharné, et ne le quitterait pas, même si le maître des dieux apparaissait devant lui. Un pauvre diable profite des aubaines qui lui échoient, quelles qu'elles soient, et sans s'inquiéter de leur peu de valeur (1). »

« Le Gange tombe du ciel sur la tête de Çiva, de la tête de Çiva sur l'Himâlaya, des hauteurs de l'Himâlaya sur la terre, de la terre dans l'Océan, descendant toujours ainsi d'un lieu plus bas en un autre plus bas encore : la chute de ceux dont le discernement s'est obscurci va de choc en choc et d'abîme en abîme (2). »

« Le lion, tout jeune encore, s'attaque à l'éléphant dont les joues sont couvertes de la liqueur que distille son front au moment du rut : c'est le naturel, et non pas les années, qui enflamme le courage des vaillants (3). »

(1) II, 9.

(2) II, 10.

(3) II, 31.

..... Dans les âmes bien nées
La valeur n'attend pas le nombre des années.

Corneille.

« Nul ne peut se flatter de posséder l'esprit d'un roi dont la colère est allumée : le sacrificateur lui-même se brûle s'il touche au feu de l'autel (1). »

« Tombant sur du fer rouge, une goutte d'eau disparaît sans laisser de traces ; sur une feuille de lotus elle brille comme une perle; s'introduit-elle dans une coquille d'huître au milieu de l'Océan, sous le signe de Svâti, elle devient une perle véritable. Ordinairement, les différentes qualités se manifestent au contact d'autrui (2). »

« Les arbres courbent leurs branches sous le poids des fruits dont elles sont chargées ; les nuages s'abaissent avec les eaux qui viennent de se réunir dans leur sein ; les sages n'élèvent pas une tête orgueilleuse dans la prospérité. Ce penchant à s'incliner est le signe naturel auquel on reconnaît les bienfaisants (3). »

« C'est aux bons, même quand ils ont été ruinés, que les pauvres doivent adresser leurs prières. Quand on veut trouver de l'eau, on creuse dans le lit d'une rivière, même s'il est desséché (4). »

Mais, ce qui distingue surtout la *Nîti*,

(1) II, 47.
(2) II, 57.
(3) II, 62.
(4) II, 36. Éd. Galanos.

c'est la beauté et l'élévation morales des maximes qu'elle contient. La littérature sanscrite de l'époque classique est très-sentencieuse. Sans parler des recueils particuliers de pensées proverbiales ou dogmatiques, comme le grand et le petit *Tchânakya*, certains livres du *Mahâbhârata* en sont remplis, et le *Pantcha-tântra*, ou la collection des fables indiennes, en contient des centaines, chaque acteur ou interlocuteur citant, à l'appui de ses faits et gestes ou de ses assertions, des maximes destinées à les autoriser. Dans cet ouvrage surtout, la morale est très-diverse, et l'ensemble en serait plus exactement intitulé *Nîti*, dans le sens de politique, que le recueil de *Bhartrihari* : les animaux parlants du *Pantcha-tantra*, de même que ceux d'Ésope et de La Fontaine, ne se gênent pas pour émettre parfois des principes machiavéliques, ou, du moins, dictés par d'étroites considérations d'intérêt personnel. Dans Bhartrihari, au contraire, les choses sont vues sous un aspect singulièrement large, généreux et élevé : la plupart de ses préceptes ne seraient pas indignes de figurer dans les *Entretiens mémorables de Socrate* ou les *Lettres* de Sénèque. Il s'attache surtout à relever la dignité de l'homme et à préconiser tout ce qui l'augmente et la constitue. Il n'a point assez d'éloges, par exemple, pour la science, et même la science profane, si l'on peut dire qu'il y ait eu dans l'Inde une science véritablement profane :

« On s'entend facilement avec un ignorant, on s'entend plus facilement encore avec un savant; mais Brahmâ lui-même ne tomberait pas d'accord avec l'homme dont un brin de savoir a gonflé le sot orgueil (1). »

« Autrefois, avec mon peu de savoir, j'étais comme un éléphant aveuglé par le rut : je croyais tout connaître et mon cœur était rempli d'orgueil. Depuis que, de temps en temps, je fréquente les

(1) II, 3.
Le sens de cette stance n'est pas sans analogie avec la fameuse pensée de Bacon : Un peu de science éloigne de Dieu, beaucoup de science y ramène.

sages, j'ai conscience de ma sottise, et ma présomption s'est guérie comme une fièvre (1) ? »

« Abaissez votre orgueil, ô rois, en présence des possesseurs de ce trésor intime appelé science, qui ne saurait tomber sous la main des voleurs, qui va toujours s'accroissant peu à peu, qui s'augmente mieux que jamais s'il est partagé avec les nécessiteux, et qui survit à la destruction du monde. Est-il quelqu'un qui puisse rivaliser avec eux (2) ? »

« La science est, pour l'homme, la beauté suprême ; la science est un trésor que protégent les secrètes profondeurs où il est caché ; la science est l'instrument de la puissance, de la gloire et du bonheur ; la science est le maître des maîtres ; la science est un ami qui nous suit dans nos voyages (3) ; la science est la plus puissante des divinités ; la science est plus en honneur auprès des rois que la richesse même. Dépourvu de science, l'homme n'est qu'une bête de somme (4). »

La force de caractère et la grandeur d'âme

(1) II, 8.
Tout ce que je sais, c'est que je ne sais rien.
(2) II, 13.
(3) Comparez le mot de Bias : *Omnia mecum porto.*
(4) II, 17.

sont exaltées dans des termes magnifiques qui rappellent, par leur vigueur et aussi, hélas! par le peu d'influence sociale qu'ils semblent avoir exercé, les belles et vaines déclamations des stoïciens de l'empire :

« Fermeté dans le malheur, humeur facile dans la prospérité, éloquence au sein des assemblées, vaillance dans les combats, amour de la gloire, ardeur à l'étude des saintes Écritures : voilà les traits qui forment le naturel des hommes magnanimes (1). »

« Dans le bonheur les grandes âmes sont délicates comme le lotus ; dans l'adversité elles sont solides et pareilles à un rocher choqué par un caillou (2). »

« La fermeté est inaltérable et tient bon au milieu des calamités : renversez un tison allumé, la flamme ne se dirigera pas pour cela vers le sol (3). »

« Mieux vaut se précipiter du haut de la cime d'une montagne et se briser le corps sur des ro-

(1) II, 53.
(2) II, 56.
(3) II 75.

chers aigus, mieux vaut offrir sa main à la dent cruelle du roi des serpents, mieux vaut tomber dans le feu que de laisser altérer l'intégrité de son caractère (1). »

« La félicité des peuples est l'ornement de la souveraineté; la modestie dans les discours, celui de la valeur; la paix de l'âme, celui de la science; la sagesse dans la conduite, celui de l'instruction sacrée; la libéralité envers ceux qui en sont dignes, celui de la richesse; la douceur, celui de la pénitence; l'indulgence, celui de la puissance; la droiture, celui de la fidélité à remplir les devoirs de son état. Mais, de tous les ornements, le plus beau est la vertu (2), car de celui-là procèdent tous les autres (3). »

« Que les habiles les blâment ou les louent, que la fortune les accompagne ou les abandonne, que la mort les surprenne sur l'heure ou leur accorde des siècles d'existence, les hommes d'un caractère ferme ne mettent jamais le pied à côté du sentier du devoir (4). »

(1) II, 77.

(2) Vertu (çila) dans le sens du latin *virtus* et du grec ἀρετή.

(3) II, 80.

(4) II, 81.

Justum ac tenacem propositi virum, etc.

HORACE.

Certaines stances sont vraiment chrétiennes par l'esprit d'humilité, de bonté et de charité qui les anime :

« Qui pourrait hésiter à s'approcher, avec des prières aux lèvres, de ces sages vénérés dans le monde et aux mœurs incomparables, qui s'élèvent en s'abaissant, qui manifestent leurs vertus en proclamant celles des autres, qui accroissent leurs richesses en s'efforçant d'augmenter celles du prochain, et qui appliquent l'indifférence pour toute flétrissure aux calomniateurs dont la bouche ne fait que vomir l'outrage et les invectives grossières (1)? »

« S'abstenir du meurtre des êtres vivants, ne pas toucher au bien d'autrui, dire la vérité, être libéral en temps opportun et dans la mesure de ses moyens, ne pas prendre part aux médisances sur la jeune femme d'autrui, mettre une digue au torrent de la concupiscence, être modeste auprès de ses maîtres spirituels, se montrer compatissant pour toutes les créatures : telles sont les règles incontestées et communes à tous les traités de morale, qui constituent la voie du salut (2). »

(1)) II, 59.
2) II, 60.

Bhartrihari connaît l'influence de la richesse, mais il la constate avec l'ironie satirique de Boileau dans ses fameux vers sur la puissance de l'argent :

« Le riche est noble, sage, savant ; il sait distinguer le mérite, il est éloquent, il est beau : toutes les qualités ont l'or pour point d'appui (1). »

La doctrine fataliste, commune à tous les systèmes philosophiques orthodoxes de l'Inde, de l'enchaînement nécessaire et indéfini des œuvres et de leurs conséquences, est exposée, sous une forme originale, dans quelques stances de la *Nîti* :

« Nous honorons les dieux, mais ne sont-ils pas gouvernés par le destin ? Il faut donc honorer le destin. Mais le destin attribue à chaque œuvre une récompense déterminée. Or, si la récompense résulte de l'œuvre, que devons-nous aux dieux, que

(1) II, 33.

devons-nous au destin ? C'est donc à l'œuvre qu'il faut rendre hommage, car elle échappe à la puissance du destin (1). »

« La beauté, la noblesse, la force de caractère, la science, une cour assidue auprès des princes sont choses inféondes ; mais les mérites accumulés au moyen des pénitences antérieures sont comme des arbres, et produisent, pour l'homme, des fruits en leur temps (2). »

« Que l'homme soit plongé dans le sommeil, dépourvu de prévoyance, entouré de périls, ses mérites antérieurs sont sa sauvegarde dans la forêt, dans la bataille, au milieu des ennemis, des flots et des flammes, sur l'Océan et au sommet des montagnes (3). »

(1) II, 92.

Vidhi, que je traduis par *destin*, est proprement l'*ordre* établi par Brahmâ, le *Vidhâtar* ou l'*ordonnateur* suprême et non le créateur, comme on traduit ordinairement, par conformité à nos idées, — la conception d'une création *ex nihilo* étant absolument étrangère aux philosophes de l'Inde. Cet ordre n'est pas immuable : les combinaisons peuvent en être dérangées par l'effet des œuvres méritoires. (Voir ce que je dis plus bas à ce sujet, page 71.) C'est ce que le poète a voulu faire entendre dans cette stance.

(2) II, 94.

(3) II, 95.

Les conséquences de philosophie pratique que Bhartrihari en fait découler sont identiques à celles où la plupart des fatalistes en arrivent partout : elles consistent dans une sorte de quiétisme stoïque par lequel on doit supporter, avec une inébranlable indifférence, tous les événements, sans s'épuiser en vains efforts pour déterminer ce qui ne peut avoir lieu, ou empêcher ce qui doit inévitablement se produire, en sous-entendant, toutefois, une exception en faveur des effets des œuvres qui ont en vue le salut :

« Une marque que le Créateur a tracée sur notre crâne (1) indique les biens modiques ou considérables qui nous sont destinés. Ces biens nous échoient fatalement, même au milieu d'un désert, et nous n'obtenons rien au delà, eussions-nous fixé notre séjour sur le mont Mérou (2). Armons-nous donc de fermeté, et ne passons pas vainement des

(1) Allusion à un préjugé par lequel on croyait que les sillons ou les sutures du crâne de l'homme formaient des caractères qui indiquaient sa destinée.

(2) Montagne d'or célèbre dans la mythologie indienne.

jours misérables à chercher fortune autour des opulents. Voyez la cruche, ne puise-t-elle pas une égale quantité d'eau, qu'on la descende dans un puits, ou qu'on l'emplisse dans l'Océan (1)? »

« Avec Brihaspati (2) pour général, la foudre pour javelot, les dieux pour soldats, le ciel pour citadelle, Vishnou (3) pour allié, Airâvata (4) pour monture, Indra (5), malgré ces merveilleux auxiliaires, perdit la bataille qu'il livra à ses ennemis : le destin n'est-il pas le seul appui sur lequel on puisse compter ? Nargue de l'activité humaine dont les efforts sont si vains (6) ! »

Il est inutile d'insister beaucoup pour montrer combien ces idées semblent contradictoires avec celles que nous avons vues précédemment sur la vertu et la magnanimité.

(1) II, 41.

(2) Le précepteur des dieux.

(3) Une des personnes de la trinité indienne.

(4) Éléphant fabuleux qui sert de coursier à Indra.

(5) Une des principales divinités de l'époque védique. Dans les temps postérieurs, Indra a été subordonné à la *trimôurti* ou trinité indienne, en restant, toutefois, à la tête des dieux subalternes.

(6) II, 85.

Citons encore quelques stances remarquables par des côtés originaux et ingénieux dans le tour ou dans la pensée.

« Brahmâ a fait pour l'ignorance un manteau dont elle peut se couvrir à volonté, et constamment utile : c'est le silence, qui, dans la société des savants, surtout, est l'ornement de ceux auxquels l'instruction fait défaut (1). »

« Le Créateur peut toujours, dans sa colère, empêcher le cygne de prendre ses ébats au milieu des étangs couverts de lotus, mais il ne saurait lui ravir la célèbre faculté qu'il possède de séparer l'eau du lait (2). »

« Pierre précieuse entamée par l'instrument qui sert à la polir, vainqueur blessé d'un javelot dans la bataille, éléphant affaibli par l'écoulement de la liqueur qui lui sort des tempes quand il est en rut, rivière qui, dans la saison sèche, laisse émerger des îlots, lune réduite à son dernier quar-

(1) II, 7.

(2) II, 15.

Cette remarque, basée sur une de ces innombrables fables dont les mœurs des animaux ont été l'objet dans l'antiquité, est, comme on le voit, une allusion à la *propriété* de la science.

tier, jeune femme fatiguée par les jeux d'amour, prince dont la libéralité a épuisé les ressources, sont choses dont l'éclat est relevé par les atteintes mêmes qu'elles ont subies (1). »

« Sincère et menteuse, sévère et bienveillante, impitoyable et miséricordieuse, avare et libérale, dépensant sans cesse et sans cesse amassant à pleines mains, telle est, sous sa double face, et pareille à une courtisane, la politique des rois (2). »

« L'amitié des méchants diffère de celle des bons comme l'ombre du matin de celle du soir : l'une, grande d'abord, diminue graduellement; l'autre, petite au début, va toujours en augmentant (3). »

« Ceux qui oublient leur intérêt propre, pour veiller à celui des autres, sont des sages; ceux qui, sans négliger leur intérêt, prennent souci de celui des autres, sont des hommes d'une vertu ordinaire ; ceux qui nuisent à l'intérêt des autres pour favoriser le leur sont des démons incarnés ; mais de quel nom qualifier ceux qui font du mal aux autres, sans profit pour eux-mêmes (4) ? »

(1) II, 36.
(2) II, 39.
(3) II, 50.
(4) II, 66.

Le lait mêlé à l'eau lui communique ses bonnes qualités. Par *reconnaissance*, lorsque, *dans la cuisson* de ce mélange, l'eau remarque la souffrance éprouvée par le lait, elle se répand d'elle-même dans le feu. Le lait, voyant le douloureux sacrifice de son amie, s'apprête à se précipiter à son tour dans le feu, mais il s'apaise si l'eau revient s'unir à lui : c'est une image de l'amitié des bons (1). »

J'ajouterai quelques mots sur le style de la *Nîti*. Il diffère sensiblement de celui des deux autres centuries. Dans le *Çringâra*, comme nous l'avons vu, les allitérations et les jeux de mots de toute sorte sont prodigués; dans le *Vairâgya*, bien qu'on en trouve moins de traces, ces défauts, l'allitération surtout, sont encore assez fréquents. Dans l'un et l'autre la phrase est assez souvent large et lâche, chargée d'épithètes et d'incidences, et l'auteur ne néglige pas les détails qui peuvent nuancer et étendre l'idée. Les stances de la *Nîti*, au contraire, sont

(1) II, 67.

exemples de jeux de mots, la diction y est généralement aussi sévère que sobre, et le sens, frappé comme à l'emporte-pièce, ressort avec un relief et une rigidité extraordinaires. La sentence réclame, d'ailleurs, ce style à vive arête : l'expression doit être d'autant plus précise et serrée que l'idée a une application plus générale. Bhartrihari, aidé du génie synthétique du sanscrit, n'a pas manqué d'observer cette condition du genre, et j'ai tâché, dans les stances que j'ai traduites, de l'altérer le moins possible.

III

Les principales conditions du renoncement, objet de la Centurie à laquelle nous sommes arrivés, sont énumérées de la manière suivante, stance 69 :

« Se consacrer au culte de Çiva, avoir dans son cœur la crainte de l'éternelle succession de la naissance et de la mort, se détacher de ses proches, échapper aux émotions diverses que produisent les passions amoureuses, se reléguer dans des forêts désertes, loin des fautes auxquelles donne lieu la fréquentation des hommes, voilà le *Vairâgya*, et que saurait-on désirer de plus ? »

Mais, pour être bien compris, il importe, avant de passer à l'examen détaillé du *Vai-*

6.

râgya, de donner un bref résumé des idées théologiques et philosophiques qui en sont la base.

Ainsi que le prouvent plusieurs stances semées çà et là dans les trois centuries, Bhartrihari, ou les poëtes divers que nous sommes convenus d'avoir en vue chaque fois qu'il est question de lui, professaient les doctrines de la philosophie védantique, et c'est, par conséquent, le système orthodoxe du *Vedânta*, dont je vais exposer la théorie à grands traits.

Le *Vedânta* (but, objet du Véda) est la conception la plus hardiment spiritualiste et panthéiste que l'homme, animé d'un stoïque mépris pour les jouissances brutales, les peines cuisantes, l'instabilité et la passivité inhérentes à la matière, ainsi que d'une immense présomption sur la dignité suprême de son esprit, ait jamais imaginée. On en va juger.

Il n'y a qu'une réalité dans l'univers, l'âme suprême ou universelle (Brahma), dont Bhartrihari a résumé lui-même les principaux attributs dans la stance suivante :

« Je m'incline devant la lumière paisible, dont la forme, toute spirituelle et éternelle, n'est limitée ni par l'espace ni par le temps, et dont la pensée consiste uniquement à prendre conscience d'elle-même (1). »

Le monde matériel est illusoire. Il tient son origine de l'âme suprême ; mais les conditions de cette origine et la façon dont il coexiste, si l'on peut s'exprimer ainsi à propos d'un objet illusoire, avec l'âme suprême sont les points les plus obscurs du système, et je n'essaierai pas d'en donner l'explication.

Considérée en elle-même, l'âme suprême est illimitée, identique et solitaire ; elle comprend en soi l'être, l'intelligence et le bonheur absolus.

Conçue sans qu'il soit fait abstraction des

(1) II, 1.

fausses apparences dont les hommes subissent les trompeuses impressions, elle s'unit par émanation à la matière, ou au non-être, dans laquelle ses particules pénètrent, s'immergent, s'isolent et deviennent ainsi, en passant par les stages divers d'une cosmogonie compliquée, dont il est inutile d'exposer les détails, les âmes individuelles qui animent toutes les créatures. Par suite de leur isolement et de leur immersion plus ou moins profonde dans cet océan du non-être, les âmes individuelles voient s'obscurcir la lumière qui leur est propre, et subissent les impressions illusoires des qualités de la matière, ou *adjnâna*, ignorance, et *mâyâ*, illusion, synonymes de matière dans le *Vedânta*.

Ces qualités sont : le *tamas* ou l'aveuglement, le *radjas* ou la passion, et le *sattva*, l'être ou la bonté. Cette dernière qualité n'appartient pas en propre à la matière; elle ne lui doit que sa distinction et sa limitation. Elle est proprement la lueur plus ou moins vive que l'âme individuelle a conservée de la lumière pure et immatérielle dont elle était uniquement composée avant de s'unir à la matière.

La relation mutuelle de ces trois qualités, le rôle plus ou moins prépondérant que l'une ou l'autre exerce, selon le degré d'énergie dont elles sont douées respectivement, sur une créature donnée, déterminent, par le moyen de l'œuvre (Karma) et de ses conséquences nécessaires, les diverses étapes que les âmes individuelles viennent successivement occuper sur l'échelle des êtres vivants. Dans la philosophie orthodoxe de l'Inde, et dans le *Vedânta*, qui est le système orthodoxe par excellence, l'œuvre, considérée comme un enchaînement continu de causes et d'effets qui se commandent entre eux, est assimilée à la fatalité.

Partant de cette conception, l'homme peut choisir, en ce qui regarde son sort futur, entre trois voies différentes qui s'ouvrent devant lui :

Ou, suivre, soit sans résistance, soit malgré des efforts aveugles et qui vont contre leur but, le courant du destin, et rouler indéfiniment dans les ondes ténébreuses de la transmigration, de l'ignorance et du malheur, au gré de l'œuvre et des trois qualités. C'est le sort des hétérodoxes de toutes sortes.

Ou, accumuler les mérites par le moyen des pénitences et des bonnes œuvres, telles que sacrifices aux dieux (1), charité envers les créatures, fidélité aux devoirs de sa caste, etc.; s'élever ainsi vers une condition meilleure, échapper de plus en plus aux liens de la matière en dissipant peu à peu

(1) Il ne faut pas perdre de vue que *Para-Brahma*, ou l'âme suprême, est une conception purement philosophique au-dessous de laquelle s'étale tout un système religieux et mythologique très-confus et personnifié par la *trimôurti*, ou trinité indienne, composée de Brahmâ, Vishnou et Çiva, et par une foule de sous-divinités et de demi-dieux se rattachant, pour les théologiens, à l'âme suprême à titre d'émanations. Ces divinités sont l'objet de cultes spéciaux, procurant des faveurs temporelles, le ciel entre autres, qui n'est qu'un avantage temporel, eu égard à la *délivrance* ou absorption dans l'âme suprême.

l'ignorance que les péchés antérieurs ont rendue plus profonde, et prendre place au ciel, c'est-à-dire au séjour des dieux, sans échapper absolument, toutefois, au monde de la transmigration et à ses vicissitudes. C'est la voie prise par les hommes qui, tout en connaissant les conditions de la délivrance, n'ont pas le courage de les remplir dans le cours de leur existence actuelle. Remarquons, incidemment, que la possibilité d'accomplir à souhait les bonnes œuvres semble contradictoire avec la génération fatale du *Karma*. Nous retrouvons donc ici, sous un aspect particulier, l'éternelle et insoluble question de la grâce et du libre arbitre.

Ou, enfin, tenter ce grand passage d'un seul bond, briser par un effort héroïque tous les anneaux intermédiaires de la chaîne de transformations diverses qui relie l'homme à Brahma et arriver *ex abrupto* au *Moksha*, délivrance, ou *Çreyas*, salut.

Les moyens d'exécuter cette sublime entreprise se déduisent rationnellement des rapports qui rattachent l'homme à l'âme suprême et des causes qui le séparent et le distinguent d'elle.

Les raisons de la perpétuité du servage de l'âme individuelle dans les liens de la matière sont en effet : 1° l'aveuglement, qui lui dérobe la vraie lumière et la vraie science ; 2° l'œuvre, qui la précipite, sans trêve, dans de nouvelles *erreurs ;* 3° la passion, qui la porte à l'œuvre malgré la lassitude qu'elle peut éprouver et le désir qu'elle aurait de s'en affranchir.

Or, en supprimant ces agents qui déterminent, provoquent et entretiennent indéfiniment son commerce avec la matière, l'âme individuelle détruit du même coup l'illusion dont elle était le jouet, échappe à ses liens, retrouve avec sa liberté la notion de sa véritable nature et se réunit, par cela même, à l'âme suprême dont elle est émanée.

Les védantins, logiques jusqu'au bout et ne reculant pas devant la pratique de leur théorie, ont réalisé, ou essayé de réaliser, le programme qui comporte ce résultat. Voici, à cet effet, leurs préceptes et leurs moyens :

Écarter les sens des objets qui les attirent et dont la jouissance est le but de leurs fonctions ; les soumettre à des macérations qui les maîtrisent et annihilent les effets funestes des fautes d'autrefois ; se borner à la satisfaction, dénuée de tout plaisir, de toute préoccupation et de tout excès, des besoins corporels strictement indispensables, et détruire ainsi la passion et l'œuvre : tel est le moyen initial et mécanique.

Se plonger, loin des hommes et de toute cause de distraction, dans la méditation la plus profonde sur l'inanité de la matière et la réalité de l'âme suprême, et arriver, de la sorte, à cet état particulier d'extase où le monde matériel est comme s'il n'était pas, et dans lequel l'âme individuelle ne connaît et ne voit que l'être unique. Voilà le moyen intellectuel et définitif par lequel, dépouillant son enveloppe d'ignorance et renaissant à la vraie science, elle reconnaît son identité avec l'âme suprême, et, tout obstacle écarté, revient s'absorber en elle et retrouver dans son sein la participation éternelle à tous ses attributs.

Cet état n'implique pourtant pas pour l'âme l'abandon immédiat du corps : l'homme peut continuer de vivre ainsi quelque temps, porteur d'un fardeau dont il ne sent plus le poids, et pareil, selon la comparaison indienne, à une roue de potier, qui continue de tourner par la force de l'impulsion acquise, après qu'elle a cessé de la recevoir directement. Tels sont ceux qui, arrivés au suprême degré de renoncement et de désillusion, sont appelés *djîvanmoukta*, les délivrés vivants. Ajoutons que cette mort philosophique n'était pas inconnue des penseurs grecs, soit qu'ils en eussent conçu l'idée d'eux-mêmes, soit, ce qui paraît plus vraisemblable, qu'ils l'eussent empruntée, plus ou moins indirectement, aux brahmanes. On peut voir à ce sujet les curieuses remarques de Macrobe, *in Somm. Scip.* I, 13.

Ce rapide exposé suffira pour nous faire saisir le lien qui rattache entre elles les idées principales qui sont contenues dans le *Vairâgya*, ainsi que la pensée dominante qui a dirigé les conceptions du poète; car nous pouvons accorder maintenant, sans hésitation, ce titre à l'auteur du *Vairâgya*. En parcourant les deux premières centuries, nous n'avons trouvé souvent que les pièces de versificateurs gracieux, aimables et délicats dans le *Çringâra*, précis et ingénieux dans la *Nîti*, mais enfin versificateurs avant tout, et beaucoup plus occupés, apparemment, de donner un coloris brillant à des idées courantes que d'exprimer leurs propres inspirations. Dans le *Vairâgya* le ton change, nous le verrons, et nous rencontrons des sentiments qui éclatent en accents si profondément énergiques et émus, qu'ils méritent, à celui qui les a fait vibrer, le titre de poète et de vrai poète. Il faut dire qu'il touchait une corde que l'homme ne saurait manier en simple dilettante. Les misères sans nombre de l'existence humaine, l'effroi de la mort, l'inconnu vertigineux qui s'étend aux deux extrémités de la vie, — ces éternelles sources de terreurs et d'angoisses — ne sont jamais scrutées sans que l'âme n'en tressaille jusqu'en ses replis les plus intimes. Les brahmanes eux-mêmes, — ces chercheurs d'absolu qui pensaient pouvoir l'atteindre et croyaient posséder ainsi le secret de l'apaisement, — étaient incapables de franchir par l'esprit la douloureuse mer du contingent sans que les efforts exigés pour l'accomplissement de cette tâche surhumaine, et les raisons mêmes qu'il fallait puiser pour la tenter dans les peines cuisantes et les doutes terribles auxquels il s'agissait d'échapper, ne leur arrachassent de ces cris déchirants et sublimes semblables à ceux qu'ont poussés, à travers les siècles, Job, Eschyle, Dante, l'Hamlet de Shakspeare et, de nos jours, les romantiques. L'auteur du *Vairâgya*, lui aussi, a pris sa place dans ce chœur magnifique et désolé, et ses accords n'ont été ni les moins puissants ni les moins pathétiques.

Sa méthode est bien aussi celle d'un vrai poète : il laisse de côté la *çrouti* et la *smriti* —la révélation et la tradition ; il ne s'engage pas comme les philosophes du *Mahâbhârata* dans de subtiles et interminables discussions cosmogoniques et physiologiques sur l'origine, les rapports et les fins des sens et des organes intellectuels ; il ne se livre pas aux arguties chères aux raisonneurs de l'Inde sur l'être et le non-être : il va droit au cœur, et touche l'homme par les côtés sensibles et humains. Ses raisons sont semblables à celles qu'au milieu de nous encore emploient ceux qui, négligeant à la fois le dogmatisme autoritaire et les preuves rationnelles, s'adressent au sentiment seul pour provoquer le développement des instincts religieux de l'homme. Pressant et passionné par la forme littéraire où il se plaît à prodiguer l'apostrophe et la prosopopée, son argumentation, très-serrée et très-claire au fond, se réduit à ceci : l'être, en tant que matière organisée, n'est que faiblesse, souffrance et changement ; en tant qu'esprit, il est impassible et immuable. Il faut donc mépriser, dompter et dépouiller la matière pour entrer dans la spiritualité pure. Nous allons le suivre dans le développement de cette idée, en choisissant et mettant sous les yeux du lecteur les stances les plus belles au point de vue littéraire, et les plus importantes pour l'exposition théorique du système.

Dans quelques stances du *Vairâgya* Bhartrihari revient sur la nécessité d'un choix à faire entre le monde et les pratiques qui mènent au salut.

« Un dieu (1) : Vishnou ou Çiva ; un ami : prince ou ascète ; un séjour : la ville ou la forêt ; une épouse : une belle ou une grotte (2). »

« Notre vie ne dure qu'un clin d'œil, et nous ne savons que faire ! Nous livrerons-nous à la pénitence sur le bord des divines eaux du Gange ? Entourerons-nous de nos respectueux égards une épouse vertueuse ? Nous désaltérerons-nous aux sources de la science ou à la coupe d'ambroisie que remplissent les poètes de tous les genres (3) ? »

Mais se vouer au renoncement est une résolution difficile à prendre : l'homme n'a pas le courage de s'arracher aux objets des sens, ou ignore la nécessité de ce sacrifice.

« Mon visage est sillonné de rides, ma tête parsemée de cheveux blancs, mes membres défail-

(1) Vishnou et Çiva, personnes de la trinité indienne. Çiva est la forme sous laquelle les ascètes de la secte appelée Civaïte adoraient particulièrement l'âme suprême ; d'autres, les Vishnouïtes, adressaient leurs hommages à Vishnou.

(2) III, 30.

(3) III, 77.

lent, mes désirs seuls ont toute l'ardeur de la jeunesse (1). »

« Le papillon vient, sans le savoir, se brûler au feu de la lampe ; le poisson vient, sans le savoir, se prendre à l'appât qui est attaché à l'hameçon ; nous, qui savons bien que les désirs ne sont qu'un réseau tissu de malheur, nous ne les abandonnons pas. Hélas, combien est profond le gouffre de notre aveuglement (2) ! »

« A-t-on la bouche desséchée par la soif ? on prend des rafraîchissements agréables ; est-on tourmenté de la faim ? on savoure du riz mêlé de viande et d'autres assaisonnements ; le feu de l'amour s'allume-t-il dans les veines ? on serre tendrement une femme dans ses bras. L'homme s'imagine à tort qu'il fait bien en combattant la maladie avec de tels remèdes (3). »

Et pourtant cette vie mondaine à laquelle il coûte tant de s'arracher, à quelles humiliations n'expose-t-elle pas, même si l'on est riche, à la cour des princes, comme la stance suivante y fait allusion ?

(1) III, 9.
(2) III, 19.
(3) III, 95.

« — « L'heure de la réception n'est pas venue, crois-moi; en ce moment le prince dort, et tu ne le verras pas, quand même tu passerais ton temps à attendre. Je fais sentinelle pour empêcher qu'on ne l'approche. » Évite, ô mon âme, ceux à la porte desquels on tient de tels discours ; réfugie-toi dans le temple du Dieu tout-puissant : là il n'est point de portier aux paroles d'une impitoyable dureté, mais tu y trouveras la félicité éternelle (1).

Si l'on est pauvre, on souffre toutes les peines de la vie ascétique sans en recueillir les récompenses.

« Nous avons souffert, mais sans patience ; nous avons perdu le bonheur qu'on trouve dans sa maison , mais nous ne l'avons pas abandonné volontairement; nous avons subi péniblement le chaud et le froid, mais l'esprit de pénitence nous faisait défaut; nous avons médité dans un profond recueillement sur les richesses, mais non pas sur la nature de Çiva : tout ce que font les ascètes nous l'avons fait, mais les fruits qu'ils recueillent de

(1) Bhart., Ap. Schiefner et Weber, page 23.

leurs œuvres ne nous sont pas dus et nous échapperont (1). »

« Il est, dans chaque forêt, des fruits qu'on peut ramasser sans fatigue et au gré de ses désirs; il est en tous lieux des rivières où coule en flots purs une eau fraîche et savoureuse; il est partout de molles couches faites de jeunes pousses de liane, et pourtant les malheureux se morfondent à la porte des riches (2). »

« Quand un homme affamé qui parcourt, pour donner quelque nourriture à son estomac creux, un village sacré ou une forêt profonde, va de porte en porte, ayant à la main une sébile recouverte d'un linge blanc, et frappe à celles qui renferment de vertueux brahmanes, dont les sacrifices ont, par leur fumée, noirci l'entrée du logis, cet homme est honorable et trouve assistance, mais non pas celui qui vit misérablement, au jour le jour, au milieu de ses pareils (3). »

Mais, la puissance elle-même, quel est son prix? Le poète va nous le dire :

(1) Bhart., Ap. Schiefner et Weber, page 23.
(2) III, 28.
(3) III, 24.

« Il ne se passe pas un instant sans que des centaines de princes ne se disputent la jouissance (1) de cette terre, et cependant les rois mettent leur orgueil à la posséder. Les maîtres se réjouissent follement d'en acquérir la plus mince parcelle, tandis qu'ils devraient s'en abstenir avec répulsion (2). »

Lancé sur cette voie, il ne s'arrête plus, et dit, à son tour et à sa manière, *vanitas vanitatum et omnia vanitas,* dans un magnifique langage, où il ne le cède ni à Job ni à Salomon :

« Les savants sont rongés d'envie, les princes sont infectés d'orgueil, le reste succombe sous le poids de sa sottise : comment pourrais-je arracher l'éloge de ma gorge (3) ? »

« Rien de ce qui arrive dans ce monde matériel ne me semble avantageux : les conséquences des bonnes œuvres me font trembler quand j'y réflé-

(1) Avec allusion à la jouissance charnelle.

(2) III, 59.

(3) III, 2.

chis. Les grandes jouissances que procurent, à la longue, les grands mérites accumulés amènent à leur suite les peines cuisantes auxquelles sont exposés ceux qui se livrent à ces jouissances (1). »

« Dans ma soif d'un trésor, j'ai fouillé la surface de la terre, j'ai fondu les métaux dans la montagne, j'ai traversé les mers, j'ai fait aux princes une cour assidue, j'ai passé des nuits dans les nécropoles pour évoquer les morts au moyen de formules magiques : je n'ai pas amassé une obole. O concupiscence, me laisseras-tu maintenant (2) ? »

« J'ai supporté, quoi qu'il m'en ait coûté, les invectives des méchants dans l'espoir d'obtenir leurs bonnes grâces ; j'ai dévoré mes larmes et je me suis efforcé de sourire, malgré que mon cœur fût vide *de joie ;* j'ai courbé humblement la tête devant les sots. O concupiscence, frivole concupiscence, me feras-tu danser encore (3) ? »

« Nous n'avons pas joui, mais nous avons été des sujets de jouissance ; nous n'avons pas fait pénitence, mais nous avons été macérés *par les peines de la vie ;* le temps n'a pas marché, mais nous

(1) III, 3.
(2) III, 5.
(3) III, 6.

avons vieilli; nos désirs n'ont pas diminué, c'est nous qui nous éteïgnons (1). »

« Ce qui a vie est assailli par la mort; la florissante jeunesse se retire à mesure que les années se succèdent; le contentement est mis en fuite par la soif des richesses, et l'heureuse paix du cœur par les coquettes agaceries des jeunes filles; les vertus sont déchirées par les envieux, les forêts sont infestées par les bêtes féroces, les princes sont victimes des méchants, les grandeurs périssent par l'effet de l'inconstance. Est-il quelque chose qui ne soit pas détruit ? Est-il quelque chose qui ne soit pas destructeur (2) ? »

« La santé de l'homme est détruite par les soucis et les maladies de toutes sortes; là, où la fortune est descendue, le malheur entre à sa suite comme par une porte ouverte; la mort s'approprie tous les êtres les uns après les autres, sans qu'ils puissent opposer de résistance pour échapper à leur sort. Qu'y a-t-il donc de solide dans ce que le tout-puissant Brahmâ a créé (3) ? »

(1) III, 8.
L'énergique concision de cette magnifique stance a subi nécessairement une altération sensible dans ma traduction.

(2) III, 33.

(3) III, 34.

« La vieillesse est semblable à un tigre qui nous guette en nous menaçant, les maladies sont pareilles à des ennemis qui se ruent sur notre corps, la vie s'écoule comme l'eau d'une cruche cassée (1)... »

« Cette maison, qui avait autrefois plusieurs habitants, n'en a plus qu'un seul maintenant; cette autre, qui n'en avait qu'un d'abord, en a eu plusieurs ensuite, et a fini par n'en plus avoir. C'est ainsi que Kâla et Kâlî (le temps et la déesse de la destruction) jouent ensemble, sur l'échiquier du monde, avec deux dés qui sont le jour et la nuit, et les hommes comme pièces d'échec (2). »

« La vie diminue chaque jour, à mesure que le soleil se lève et se couche, dans le tracas des affaires, sous le poids de mille soucis, on ne se rend pas compte du temps qui s'écoule; on voit sans frémir les hommes qui naissent, vieillissent, souffrent et meurent : ce monde a bu la liqueur de l'imprévoyance et de l'aveuglement, et il s'est enivré (3). »

« Nous n'avons pas dirigé, comme il le fallait, nos méditations vers l'Être suprême, de façon à briser le cercle de la transmigration; nous n'avons

(1) III, 39.
(2) III, 43.
(3) III, 44.

pas accumulé les mérites capables de nous ouvrir les deux battants de la porte du ciel ; nous n'avons pas, même en rêve, serré dans nos bras une femme aux charmes ravissants : nous ne sommes que des haches qui avons abattu l'arbre de la jeunesse de notre mère (1). »

« Ceux qui nous ont donné le jour sont bien loin de nous, nos camarades d'âge ne vivent plus que dans notre souvenir : notre chute devient, chaque jour, plus imminente, et notre situation est pareille à celle d'un arbre planté sur la rive sablonneuse d'une rivière (2). »

« On jouit d'une prospérité qui permet de réaliser tous ses désirs. Après ? On a mis le pied sur la tête de ses ennemis. Après ? On a consacré ses richesses à élever ses favoris. Après ? On vivrait des milliers d'années. Après (3) ? »

« Le corps s'est replié sur lui-même, la démarche est hésitante, les dents s'ébrèchent, la vue s'éteint, la surdité est survenue, la bouche laisse échapper la salive, les familiers ne tiennent plus compte de ce qu'on dit, l'épouse n'obéit plus. La vieillesse, hélas ! est une triste période de la

(1) III, 46.
(2) III, 49.
(3) III, 68.

vie : le fils lui-même devient un ennemi (1). »

« Agréables sont les rayons de la lune, agréables, au sein des forêts, les clairières tapissées de gazon, agréable le plaisir qu'on trouve dans la fréquentation des sages, agréables les récits des poëtes, agréable le visage de la bien-aimée sur lequel roule une larme que le dépit a fait naître; mais adieu l'agrément *de toutes ces belles choses*, si l'on vient à penser combien elles sont fugitives (2) ! »

Ainsi, le bien, ici-bas, est sans consistance, et suivi toujours de maux inévitables. Il faut donc s'efforcer d'échapper, dès cette vie, aux misères de la condition humaine, en répudiant tout commerce avec le monde, et en n'ayant en vue que l'absorption dans l'âme suprême. Bhartrihari consacre les stances suivantes, soit à provoquer, soit à approuver cette résolution :

« Il est une rivière appelée espérance; ses eaux sont les désirs; elle est agitée par les flots de la

(1) III, 74.
(2) III, 80.

concupiscence; elle a pour crocodiles les passions, pour oiseaux les réflexions ; elle mine l'arbre de la fermeté planté sur ses bords, le gouffre de l'aveuglement en rend la traversée très-difficile; ses bords escarpés sont les montagnes des soucis : les victorieux ascètes au cœur pur qui en ont atteint l'autre rive sont remplis de joie (1). »

« Tu es roi ; nous, nous sommes des maîtres écoutés dont la grandeur et l'autorité reposent sur la sagesse. Tes richesses font ta gloire ; les poètes célèbrent la nôtre dans toutes les contrées de l'univers. Ainsi, ô dispensateur des honneurs, il n'y a pas entre nous une grande différence, et, si tu nous dédaignes, nous, nous éprouvons, pour tout ce qui nous entoure, une indifférence et un détachement absolus (2). »

« Je me contente d'écorces d'arbres pour vêtements, à toi il te faut de riches mousselines. Nous sommes également satisfaits, et cette différence n'en est pas une : le pauvre est celui dont les désirs sont vastes. Parmi ceux dont le cœur est content, il n'y a ni pauvres ni riches (3). »

« Tandis que le corps est fort et bien portant,

(1) III, 11.
(2) III, 52.
(3) III, 54.

que la vieillesse est éloignée, que les sens ont toute leur vigueur et la jeunesse toute son énergie, le sage doit consacrer les plus grands efforts au salut de son âme. C'est peine perdue de creuser un puits quand la maison brûle (1). »

« Quand est-ce, ô Seigneur, qu'après m'être baigné dans les eaux du Gange, et t'avoir honoré avec des fleurs et des fruits purs, méditant sur l'objet suprême de la pensée dans la grotte de la montagne, au fond de laquelle je reposerai sur un lit de cailloux, trouvant ma satisfaction en moi-même, me nourrissant de fruits et écoutant attentivement les paroles de mon précepteur spirituel, je pourrai, ô toi l'ennemi du dieu de l'amour, me délivrer du malheur inséparable de la cour qu'on fait à des hommes ayant le même nombre de mains et de pieds que soi (2)? »

« La terre est sa couche, les tiges de liane ses coussins, le ciel son pavillon, la lune sa lampe; les points cardinaux sont les jeunes filles qui, avec les zéphyrs en guise d'éventails, agitent l'air autour de lui.... Le religieux mendiant, bien qu'ayant renoncé à tous ses désirs, est, *dans la retraite* où il repose, pareil à un prince sur la terre (3). »

(1) III, 76.
(2) III, 88.
(3) III, 93.

« O vénérable Lakshmî (1), accorde tes faveurs à d'autres et ne cherche pas à me posséder. Ceux qui sont avides de jouissances, voilà tes esclaves ; mais quel pouvoir as-tu sur ceux qui sont voués au renoncement ? Le vase fait de feuilles de palâça (2) cousues ensemble, destiné à recevoir les aumônes que l'on me fera, est purifié, et je veux désormais vivre en religieux mendiant (3). »

Les stances par lesquelles je vais terminer sont dans le même esprit, ou bien ont plus directement trait encore à la vie extatique et à la réunion à l'âme universelle, objet des pratiques de l'ascète et but suprême du *Vairâgya :*

« — « Ma maison est haute, mes fils jouissent de l'estime des grands, mes richesses sont incalculables, ma bien-aimée est ravissante et ma jeunesse

(1) Déesse de la fortune.

(2) Butea frondosa.

(3) III, 96.

Inveni portum ; spes et fortuna, valete : sat lusisti me, ludite nunc alios.

dans sa fleur. » — Ainsi pense l'ignorant dans son aveuglement ; et, s'imaginant que tous ces avantages sont éternels, il s'incarcère dans la prison de ce monde. Celui, au contraire, qui est assez heureux pour voir que tout ici-bas est éphémère se voue au renoncement et à la vie contemplative (1). »

« Les jouissances des hommes ont la mobilité de l'éclair qui serpente au sein du nuage; leur vie n'a pas plus de consistance que l'eau suspendue dans les vapeurs aériennes que disperse le vent; leurs désirs juvéniles manquent de solidité. Sages, qui connaissez ces vérités, appliquez votre esprit à méditer sur l'union avec l'âme suprême, qu'il est facile d'accomplir au moyen de la contemplation dont la constance est l'instrument (2). »

« Il est une science unique, suprême qui, une fois née, va se développant sans cesse; celui qui la possède regarde tous les dieux, Brahmâ (3) et Indra en tête, comme une poignée d'herbe sèche ; celui qui l'a goûtée trouve insipides toutes les grandeurs

(1) III, 21.

(2) III, 36.

(3) Brahmâ, la première personne de la trinité indienne, l'ordonnateur des mondes, ne doit pas être confondu avec Brahma suprême, ou l'âme universelle dont il n'est qu'une émanation.

de ce monde, à commencer par la souveraineté des trois mondes. Sages, ne mettez pas votre plaisir dans des jouissances qui lui sont étrangères et passent en un clin d'œil (1). »

« Éloigne-toi, ô mon cœur, de ce gouffre au fond duquel s'agitent, avec tant de fatigues, ceux qui poursuivent les objets des sens; prends la route du salut sur laquelle toutes les peines s'apaisent en un instant; réunis-toi à l'âme suprême et quitte ta propre voie qui est instable comme l'onde; ne mets plus ton plaisir dans les choses périssables ; sois-moi enfin favorable (2) ! »

« A quoi bon les Védas, les recueils de traditions sacrées, la lecture des Pourânas (3), les traités où les sciences sont développées tout au long, les effets réciproques des œuvres et des sacrifices qui donnent pour fruit une place dans les cellules des monastères du ciel ? A l'exception du feu qui, à la fin des âges, doit anéantir le pesant appareil du malheur inhérent au monde matériel, et préparer à notre âme son entrée au lieu de bonheur, où elle s'unit à l'Être suprême, tout le reste n'est que trafic (4). »

(1) III, 41.
(2) III, 64.
(3) Recueils de légendes cosmogoniques et mythologiques.
(4) III, 102.

« O Terre, ma mère ! Air, mon père ! Feu, mon ami ! Eau, ma sœur ! Éther, mon frère ! voici le dernier hommage que je vous rends, les mains jointes. Brillant de l'éclat de tous les mérites que j'ai acquis en vivant au milieu de vous, délivré de mon aveuglement par la science pure, je vais me confondre avec l'âme suprême (1). »

(1) III, 72.

Quand on a fini de parcourir ce recueil de pensées si diverses et si remarquables à tant d'égards, qu'on a cessé de s'attacher aux particularités intéressantes qu'elles présentent, et qu'on les considère d'un coup d'œil d'ensemble et dans leur connexion avec la civilisation et l'état politique du peuple au milieu duquel elles ont été produites, et dont elles reflètent l'esprit, les mœurs et les aspirations, on est naturellement porté à se demander ce qui a manqué à ce peuple si ingénieux dans ses conceptions, si délicat dans ses sentiments, si clairvoyant dans son bon sens, si *humain* dans sa sagesse, si profond dans sa philosophie, si convaincu dans sa foi, si énergique et résolu dans l'exécution des pratiques qu'elle lui imposait, pour constituer une véritable nation; une, dans ses vues générales et ses sentiments intimes, comme la Grèce ancienne; dans sa constitution politique, comme la Chine; dans la puissance et la volonté de ses souverains, comme la Perse des Achéménides; pour exercer, enfin, dans le domaine des faits, une action en rapport avec les éléments de prospérité matérielle dont il disposait, et surtout les qualités intellectuelles et morales dont il était doué.

A l'exception, en effet, de la période que l'on peut appeler anté-historique, et sur laquelle l'absence de documents suffisants et concluants empêche qu'on ne puisse se prononcer en toute connaissance de cause, ce qu'on a pu débrouiller de l'histoire de l'Inde ne nous offre, depuis l'expédition d'Alexandre, que le triste spectacle d'un pays où l'idée de patrie et celle de citoyen n'ont jamais surgi, et qui n'a su qu'offrir une proie facile et presque inerte à tous les conquérants qui se sont présentés pour l'asservir (1).

Sans entrer dans les mille et une considérations qui se rattachent aux raisons de cet état de choses, ni m'occuper de l'influence exercée par le régime des castes et l'institution brahmanique en général, si incompatibles avec l'organisation nationale et sociale de l'Occident, je relèverai une des principalçs causes de l'infériorité politique des Indous, et sur laquelle l'ouvrage que nous venons d'étudier (en particulier, le *Vairâgya*) attire spécialement notre attention.

L'esprit ascétique et contemplatif, dont le développement exagéré était devenu, nous

(1) Il est fort douteux que, même à l'époque où florissaient les dynasties indigènes des Mauryas et des Gouptas, un véritable esprit national se soit développé dans les parties de l'Inde soumises à leur domination. Dans tous les cas, en aucun temps, ce pays n'a été en état d'offrir une résistance sérieuse à l'étranger et surtout de modifier ses institutions de façon à la rendre efficace.

l'avons vu, l'idéal du brahmanisme, est diamétralement opposé à ce que l'on peut appeler le royaume de ce monde. A chacun selon ses tendances ; à ceux qui, pour employer l'expression indienne, visent à atteindre l'*autre rive* du fini et du concret, le domaine de l'abstraction et de l'absolu, — les philosophies qui substituent aux agitations et aux ambitions mondaines l'apaisement dans le grand tout. Que leur importe, d'ailleurs, la domination comme chefs, l'égalité comme citoyens, l'assujétissement sous un despote indigène ou sous un conquérant étranger? La vie, quelle qu'elle soit, n'est-elle pas un esclavage et, ce qui pis est, une illusion? Puis, à un autre égard, enchaîne-t-on l'esprit? et, quand l'esprit est libre, l'homme n'est-il pas libre?

A ceux, au contraire, qui disent, comme les Romains :

Mitte arcana Dei cœlumque inquirere quid sit :
Cum sis mortalis, quæ sunt mortalia cura (1).

(1) Cat., Distiques.

A ceux qui, comme les Anglais, ont eu pour compatriote et pour maître Bacon, le père de la philosophie expérimentale, à tous ceux, enfin, qui, sans négliger les idées générales, ont un vif sentiment du réel et du fini, à ceux-là, dis-je, qui ne méprisent ni la matière ni les détails pratiques de la vie, la puissance matérielle, l'indépendance nationale et la liberté civile.

Aussi, et dût cette conclusion paraître digressive, on peut affirmer, sans hésitation, que les philosophies pèsent d'un grand poids dans la balance qui règle les destinées des nations. Cette question en suggère bien une autre. Ces grands courants d'idées dont s'inspirent des races tout entières résultent-ils d'un *consensus* volontaire ou d'une tendance irrésistible et fatale? En d'autres termes, les peuples créent-ils avec une certaine indépendance leurs manières générales de penser? Les appliquent-ils avec une certaine préméditation à favoriser leurs desseins? Ou bien s'imposent-elles nécessairement et faut-il, bon gré mal gré, les suivre dans les conséquences qu'elles impliquent? Tout intéressant que soit le problème, je me contente de le poser, d'autant plus que nous n'en saurions pas trouver la solution dans les Centuries de Bhartrihari.

FIN.

PARIS. — IMPRIMERIE DE Mme Ve BOUCHARD-HUZARD,
rue de l'Éperon, 5.

Paris. — Impr. Bouchard-Huzard, r. de l'Éperon, 5.

www.ingramcontent.com/pod-product-compliance
Ingram Content Group UK Ltd.
Pitfield, Milton Keynes, MK11 3LW, UK
UKHW020926180726
13838UKWH00002B/782